AF349561

EXPLICATION DE QUELQUES PASSAGES

FAUSSEMENT INTERPRÉTÉS

DE LA COMÉDIE DE DANTE,

PAR M. BERGMANN,

DOYEN DE LA FACULTÉ DES LETTRES DE STRASBOURG,
MEMBRE DE LA SOCIÉTÉ LITTÉRAIRE
DE CETTE VILLE.

Si la Divine Comédie, au point de vue littéraire, n'est pas encore comprise ni appréciée comme elle devrait l'être, cela tient en grande partie à ce que l'explication purement philologique de cette œuvre immortelle laisse encore beaucoup à désirer et beaucoup à faire. Pour le prouver, nous allons montrer, par quelques exemples tirés uniquement du premier chant de l'Enfer, que la pensée du plus grand poëte du moyen âge n'a pas toujours été saisie par les traducteurs, et que, depuis le xive siècle, certains passages de son poëme admirable ont été mal interprétés, même par les meilleurs commentateurs italiens.

I

INFERNO.

Canto primo, verso 30.

Poi ch'ei posato un poco il corpo lasso
  Ripresi via per la piaggia diserta,
Sì che il piè fermo sempre era il più basso.
Quand j'eus un peu reposé mon corps fatigué,
  Je repris le chemin, par la pente déserte,
Tellement que le pied ferme était toujours le plus bas.

Lequel est le pied *ferme?* et comment, quand on marche, le pied ferme, quel qu'il soit peut-il *toujours être le plus bas?*

Dans plusieurs familles de langues, l'expression qui sert à dési-

H.

gner la main *droite* signifie étymologiquement la main *forte*, la main *habile* : et le mot choisi pour désigner la main gauche signifie proprement *faible, maladroite*[1]. D'après une association d'idées analogue, Dante désigne poétiquement le pied *droit* par l'expression de pied *ferme*. C'est qu'il part de l'idée que, quand on se tient debout et en repos, la position à la fois la plus naturelle et la plus gracieuse qu'on puisse prendre, c'est de s'appuyer principalement sur la jambe droite en avançant quelque peu la jambe gauche. Or, dans cette position, la jambe droite est, en quelque sorte, la colonne principale du corps ou son appui ferme; et c'est pourquoi le pied droit peut être désigné poétiquement par l'expression de *pied ferme*[2]. Mais comment, quand nous marchons, le pied ferme, ou le pied droit, peut-il être *toujours* le plus bas? Cela ne peut se faire que quand nous avançons péniblement sur un terrain fortement incliné dans la direction transversale à celle de la marche, et quand la pente est à notre gauche, au lieu d'être à notre droite ou devant nous. Et c'est là en effet ce que le poëte veut exprimer. Dante est arrivé au pied du mont de Sion ou de la montagne qui est le symbole du salut temporel. En élevant son regard, il voit le sommet de la montagne éclairé par l'aurore, et il

---

[1] C'est ainsi qu'en sanscrit दक्षिणा (*dakchina*, « droit ») dérive de दक्ष (dakcha) qui signifie *adroit, habile*. En latin, *dextera* (droite) est une forme de comparatif (cf. *altera*) et signifie *plus habile*. Dans la langue norraine, *högri hönd* (main plus adroite) désigne la main *droite*. (Voy. *Poëmes islandais*, Imprim. royale, 1838, p. 335.) Les Persans considèrent la main *droite* comme la main par excellence; c'est pourquoi pour dire *main*, on dit en persan دست (*dest*), mot qui dérive du sanscrit *dakcha*, et signifie proprement *la main droite*. Pour les Grecs, la main *droite* est également la *première* main, la main par excellence; c'est pourquoi pour désigner la main *gauche*, qui est la *seconde* par rapport à la première, on dit ἡ ἑτέρα (lat. *altera*, « l'autre »). En français, le mot *gauche* signifie proprement *faible* (all. *welk*; voy. Dietz, *Etym. Wörterbuch*, p. 640). En provençal, on désigne la main *gauche* par *man seneco* (main *vieille*), et en espagnol, par *redruña* (reculée, inférieure).

[2] L'idée que le pied *droit* est le pied *ferme*, celui sur lequel on s'appuie de préférence, est encore énoncée par Dante dans le passage suivant, où, parlant du Vieux de la montagne de Crète, il dit (*Enfer*, XIV, 110) :

Sauf que son pied *droit* est d'argile
Et qu'il *pèse plus* sur ce pied que sur l'autre.

éprouve le désir d'aller sur cette hauteur salutaire et lumineuse,
afin de quitter les ténèbres où il est plongé et qui lui causent des
angoisses. Mais il ne lui était pas donné, par le Destin ou par la grâce
divine, de passer directement et subitement de la terreur à la
joie, de l'obscurité à la lumière, en gravissant la pente qui était
devant lui. Il ne devait approcher du salut que par un chemin
plus long et plus pénible, en marchant obliquement, sur le flanc
de la montagne. Néanmoins, cette ascension lente et pénible vers
la lumière et le salut devait encore être considérée par lui comme
une marche salutaire et heureuse. Or, d'après les croyances reli-
gieuses de l'Orient et de l'antiquité, et d'après la symbolique sa-
cerdotale de l'Étrurie, Dante considère comme une marche heureuse
celle qui se dirige de la gauche à la droite, tandis que la direction de
la droite à la gauche passait pour être une marche malheureuse, ou
conduisant au malheur[1]. C'est pourquoi, voulant dire qu'il com-
mençait à entrer dans le chemin du salut, mais qu'il ne pouvait

[1] Le côté *droit* est, chez les nations de l'antiquité, le côté principal, honorifique
et heureux. C'est pourquoi la *première* place est celle qui a toutes les places *infé-
rieures* à sa *gauche*. Voy. *La Fascination de Gulfi*, *Traité de Mythologie scandinave*,
Paris et Genève, 1861, p. 52.) Pour honorer une personne, on la place à sa
droite. Pour saluer respectueusement un saint personnage, ou pour marquer sa
vénération à un objet sacré ou à une divinité, on avait l'habitude, chez les anciens
Aryas de l'Inde, de faire le tour de l'objet ou de la personne, en leur présentant
toujours le côté *droit*, ou de manière à avoir toujours à sa *droite* l'objet ou la personne qu'on vénérait. Aussi, en sanscrit, cette circulation honorifique était-elle
nommée प्रदक्षिणा (*pradakchinâ*, « la prodexine »). c'est-à-dire la *marche à droite*.
Dante a aussi imaginé, pour les âmes bienheureuses du paradis, une espèce de
ronde ou tournée honorifique; il suppose que ces âmes, pour honorer quelqu'un,
font le tour autour de lui en dansant et en chantant avec joie. (Voy. *Parad*. ch. xii,
terz. 1-10.) Le côté *droit* est considéré comme le côté *heureux*; c'est pourquoi
en hébreu, יָמִין (*yâmin*), et, en arabe, le mot يَمُون (*youmuonn*), qui désignent
le côté *droit*, signifient aussi, l'un et l'autre, le *bonheur*; de là, par exemple, le
nom propre de בֶּן־יָמִין (*Ben-yâmin*), *Benjamin* (Fils du Bonheur). La marche à
droite ou du côté *droit* est une marche heureuse, de bon augure, ou conduisant au
bonheur; aussi Dante, pour sortir des angoisses de la Géhenne, prend-il *à droite*,
et commence-t-il à monter sur la hauteur de Sion, en marchant obliquement sur
le flanc de cette montagne qui est à sa *droite*, de sorte qu'ayant la pente à sa
gauche, son pied droit ou le pied ferme, dans sa marche pénible, est toujours le
plus bas.

arriver directement au bonheur, Dante dit qu'il s'est mis à monter, à droite, obliquement sur le flanc de la montagne de Sion, ayant, dans cette marche salutaire, la pente à sa gauche, de sorte qu'effectivement, son pied ferme, ou le pied droit, était toujours le plus bas. Dante aurait continué son chemin pénible et aurait atteint le sommet de la montagne du salut, s'il n'avait pas été rejeté de nouveau dans les angoisses ou dans la vallée de Géhenne, par la terreur que lui inspirèrent les trois bêtes symboliques, la panthère, le lion et la louve [1].

II

INFERNO,

Canto primo, terz. 7-11-18.

Ed ecco, quasi al cominciar dell' erta, etc.
Et voici, presqu'au commencement de la montée,
Une panthère agile et très-vive,

[1] Au sud-ouest de Jérusalem, il y a une vallée (héb. גַּיְא *gaï*) qui, dans la haute antiquité, était bien arrosée et très-ombragée. Le nomade *Hinnom* s'y étant établi avec sa famille, cette vallée prit le nom de גֵּיא־הִנֹּם (*Ghé-Hinnom*, « vallée de Hinnom »). Les Israélites idolâtres y célébraient des fêtes en l'honneur de Moloch (Roi), et y sacrifiaient, à cette divinité des Ammonites, des enfants en les brûlant. L'endroit de la vallée où se faisaient ces sacrifices ou ces brûlements, eut le nom de הֹפֶת (*Tofet*, « brûlement ») qui rappelle le verbe persan تَفْتَن (*taften*, « brûler ») et le grec θάπτειν (*thaptein*, « brûler les morts, ensevelir »). Le roi orthodoxe Josiah fit souiller cet endroit en y établissant la voirie ; de sorte que, depuis ce temps, la belle vallée de Hinnom fut prise en horreur, et que l'endroit appelé *Brûlement* fut assimilé au feu de l'Enfer. Du temps de Jésus, le *Ghé-Hinnôm*, en araméen, *Ghe-Hinnàm*, avait déjà pris la signification de *feu d'enfer*. La langue grecque ne souffre pas le *M* comme consonne finale (ex. ἐγω, p. εγομ ; λέγω, p. λεγομ). C'est pourquoi les Juifs hellénistes parlant le grec changèrent aussi les noms propres araméens de *Adam*, de *Mariam*, etc. en *Ada*, *Maria*, etc. et rendirent par conséquent aussi le nom de *Ghe-Hinnàm* par γεέννα, que les traducteurs latins du Nouveau Testament changèrent en *Gehenna*. Ce mot de *Gehenna* fut adopté par les langues romanes avec la signification de *enfer*, et y prit, plus tard, la signification plus mitigée de *tourment*, qui est restée aujourd'hui exclusivement au mot français *gêne* (p. gehenne, tourment).

Dante considère l'Enfer comme situé tout près et au-dessous de Jérusalem, et la forêt obscure de la vallée de Géhenne comme située tout près de l'entrée de l'Enfer. Cette forêt obscure et affreuse est, pour lui, d'abord le symbole de l'erreur et du doute et ensuite de l'angoisse qui résultent de cette erreur et de ce

Qui d'une peau tachetée était couverte.....
Et elle ne se retirait pas de devant ma face,
   Mais tant elle me barrait le passage,
Que, plusieurs fois, je songeais à m'en retourner.
C'était le temps où commence le matin ;
   Et le soleil montait, accompagné des mêmes étoiles
Qui étaient avec lui quand l'amour divin
Donna la première impulsion à ces belles choses ;
   De sorte que j'eus lieu de bien augurer,
De cette bête à la peau tachetée,
D'après l'heure du jour et la douce saison ;
   Mais non au point que ne me donnât de la peur
La vue d'un lion qui m'apparut.
Celui-ci sembla venir contre moi,
   Avec la tête haute et de tels frémissements furieux,
Que l'air semblait en trembler.
Et voici une louve, qui de tous les appétits
   Semblait pleine, dans sa maigreur,
Et qui a fait vivre misérables bien des gens.
Elle me donna un tel engourdissement,
   Par la terreur produite par sa vue,
Que je perdis l'espérance de pouvoir monter.

Ces trois bêtes, personne n'en doute, ont une signification symbolique ; mais qu'est-ce qu'elles signifient dans la pensée du poëte ? On croit généralement, depuis le XIVe siècle, qu'elles désignent trois vices ou péchés capitaux ; de sorte que Dante aurait dit que, par ses propres péchés, il a été empêché d'arriver au salut ; et l'on suppose que les trois vices, que Dante se reproche à lui-même, sont la luxure, représentée par la panthère, l'orgueil, figuré par le lion, et l'avarice, désignée par la louve. Mais cette explication n'est pas admissible ; elle repose sur un enchaînement de suppositions entièrement gratuites. D'abord on ne voit pas quel rapport existerait entre le caractère de ces bêtes et la nature des vices qu'on prétend qu'elles représentent. Pourquoi la panthère, qui, naturellement, est le symbole de la cruauté sanguinaire, représenterait-elle ici la luxure ? Pourquoi la louve, qui est le symbole de la vo-

doute. C'est dans cette forêt de la vallée de Géhenne que Dante, au moment où il s'apprêtait à monter sur la hauteur du mont Sion, est rejeté de nouveau, malgré lui, par la terreur que lui inspirent les trois bêtes symboliques.

racité, désignerait-elle ici l'avarice? Ensuite c'est une supposition gratuite d'admettre que Dante ait été luxurieux, orgueilleux et avaricieux; c'en est une encore d'admettre qu'il ait eu conscience de ses vices ou péchés; c'en est encore une autre de penser qu'il ait représenté ses vices par ces trois bêtes, qui, s'opposant à sa volonté, lui barrent le chemin du Salut. D'abord, si certains biographes, détracteurs de Dante, ont prétendu qu'il était entaché de ces péchés, ils n'ont pu apporter d'autre preuve, à l'appui de cette assertion calomnieuse, que précisément ce passage, dont ils donnent cette fausse interprétation. Ensuite, s'il était vrai que Dante eût eu conscience et qu'il eût fait aveu des péchés que ces commentateurs lui prêtent outrageusement, il aurait dû, à plus forte raison, le sentir et le déclarer au moment où il a parcouru, dans l'Enfer, les cercles dans lesquels les luxurieux, les orgueilleux et les avaricieux expient leurs péchés; il aurait dû, au moins, frapper sa poitrine, et exprimer son *peccavi*, lorsqu'au Purgatoire il s'est trouvé en présence des âmes qui se purifiaient précisément des péchés de la luxure, de l'orgueil ou de l'avarice. Si, dans ces occasions, Dante n'a pas songé à s'accuser des péchés qu'on lui prête, cela prouve évidemment qu'il ne se croyait pas entaché de ces vices[1]. Enfin, s'il était vrai que Dante eût voulu parler de ses propres péchés, dont il aurait eu conscience, il ne les aurait certes pas désignés d'une manière symbolique par les trois bêtes susmentionnées. Ce poëte, il est vrai, aurait bien pu exprimer par elles certains vices ou péchés, mais il ne pouvait pas représenter par elles ses *propres* péchés. Car les vices de notre âme ne sont pas quelque chose d'extérieur, sur quoi notre volonté ne saurait avoir aucune prise; ils

---

[1] Dante, en présence des damnés de l'Enfer, ne se sent pas coupable des péchés mortels de la luxure, de l'orgueil et de l'avarice; seulement, au Purgatoire, il dit qu'il aura à se purifier de quelques mouvements d'orgueil. (*Purgat.* XIII, 133-138.)

> Les yeux, répondis-je, me seront également cousus ici;
>> Mais pour peu de temps, car légère est la faute
> Commise par eux pour s'être tournés par envie.
> Bien plus forte est la crainte, qui suspend
>> Mon âme, du supplice qu'on endure ci-dessous.
> Et je sens déjà peser sur moi le fardeau de là-bas.

sont, au contraire, quelque chose d'intérieur, et dépendent plus ou moins de notre volonté, qui, pour cette raison, en est responsable. Aussi Dante n'aurait-il pas désigné les vices inhérents à son âme par trois bêtes qu'il représente comme les empêchements extérieurs de son salut, sur lesquelles sa volonté n'a eu aucune prise, et qui, malgré les efforts qu'il faisait pour leur résister, l'empêchèrent d'arriver au salut temporel, moral, social et politique, auquel sa volonté aspirait. Ces trois bêtes ne désignent donc pas les péchés de Dante; elles symbolisent les puissances ennemies dont il a eu tant à souffrir dans sa vie, et qui, l'ayant poussé dans l'exil, ont causé tous ses malheurs. En un mot, les trois bêtes ne représentent autre chose que ce qu'on a appelé les trois antipathies ou les trois colères de Dante, savoir les trois partis politiques contre lesquels il a toujours lutté, et qu'il a considérés, non-seulement comme les auteurs de son infortune, mais surtout comme la cause des déchirements de Florence et de l'Italie. Ces trois partis sont, 1° le parti de la noblesse florentine, représenté par les Blancs et les Noirs, qui, tous deux, sacrifient le salut de leur patrie à leur haine réciproque et à leurs intérêts individuels; 2° le parti français, qui tend à détruire, en Italie, le pouvoir légitime de l'Empereur, et à y faire prévaloir, au milieu des bouleversements, les intérêts politiques de la France; et 3° le parti romain, c'est-à-dire le pouvoir séculier de Rome, qui, poursuivant une politique semblable à celle de la France, s'allie aux différents partis pour amoindrir en Italie le pouvoir impérial. Dante veut donc dire qu'au printemps de l'année 1300, peu de temps avant son entrée au pouvoir ou au priorat, les trois partis qui déchiraient Florence et l'Italie avaient une telle puissance, qu'ils jetèrent l'angoisse dans son âme et l'empêchèrent d'arriver, comme il dit, au salut temporel. Ces trois partis étant considérés comme des puissances ennemies, violentes et brutales, il les représente, d'après le symbolisme usité dans l'Ancien Testament, comme trois bêtes sauvages. C'est ainsi, par exemple, que les empires païens ennemis d'Israël, l'empire babylonien, l'empire médo-perse, l'empire macédonien et l'empire syrien, sont représentés, dans les Prophéties de Daniel [1], par quatre bêtes sauvages,

[1] Pendant tout le moyen âge, la science historique renfermait l'histoire uni-

le lion, l'ours, la panthère et l'animal aux dents de fer. Ces quatre monarchies violentes et brutales, qui ont pour emblèmes quatre animaux féroces, disparaîtront, d'après le prophète, pour faire place à l'empire universel du Messie, qui, contrairement aux quatre bêtes, a la figure humaine. Dans un autre prophète de l'Ancien Testament, dans Jérémie, les trois nations des Scythes, savoir : Gòg, Mà-gòg et Tavus [1], qui faisaient des incursions dans le pays d'Israël, sont également représentées par trois bêtes, le lion, le loup et la panthère. Dante a emprunté précisément à la vision de Jérémie ces trois animaux symboliques, et il a désigné par eux les trois partis qu'il considère comme les ennemis du bonheur de Florence et de l'Italie. Le parti de la noblesse, il le représente par la panthère qui, par sa peau tachetée de blanc et de noir, et par sa perfidie et sa cruauté, désigne les Blancs et les Noirs, à la fois perfides et cruels; divisés entre eux par leurs intérêts, ils sont unis par leur méchanceté, au point de ne former qu'une seule bête [2]. Le loup de Jérémie, Dante le remplace par

versclle uniquement dans l'histoire des *quatre monarchies* symbolisées par le prophète Daniel. Seulement, à l'empire syrien on substitua l'empire romain. Au xvi° siècle, le publiciste Philipson, connu sous le nom de *Sleidanus* (né à Sleida), suivit encore, en grande partie, ce singulier système historique dans son ouvrage, si souvent édité, *De quatuor summis imperiis*, Strasbourg, 1556. Encore au xvii° siècle, le Discours de Bossuet sur l'histoire universelle est renfermé dans le cadre étroit mais orthodoxe des quatre monarchies.

[1] *Gòg, Mà-Gòg* et *Tavus* comptent parmi les ancêtres des Germains, des Scandinaves et des Slaves. (Voir mes deux ouvrages : *Les Scythes, les ancêtres des peuples germaniques et slaves*. Colmar, 1858; 2° édition; contrefaçon, Halle, 1858. — *Les Gètes, ou la filiation généalogique des Scythes aux Gètes et des Gètes aux Germains et aux Scandinaves, démontrée par l'histoire des migrations de ces peuples et par la continuité organique des phénomènes de leur état social, moral, intellectuel et religieux*. Strasbourg et Paris, 1859.)

[2] Les *Noirs*, à Florence, étaient le parti féodal composé de l'ancienne noblesse urbaine qui tenait à ses priviléges féodaux. Par rivalité et par jalousie, ils étaient les ennemis des *Blancs*, qui tenaient également au parti féodal, mais se composaient de la nouvelle noblesse campagnarde que la commune de Florence avait forcée à s'établir dans l'enceinte de la ville. Les Noirs et les Blancs, en tant que nobles les uns et les autres, étaient les adversaires de la bourgeoisie républicaine et du régime municipal. (Voy. Dino Campagni, *Étude historique et littéraire*, etc. par Karl Hillebrand, Paris, 1862.) Comme les Noirs et les Blancs avaient, au fond, les

la louve, afin de pouvoir désigner par elle le pouvoir séculier de Rome, dont l'emblème dans l'antiquité était déjà la louve allaitant Romulus et Rémus. Enfin il se sert du symbole du lion, animal fier et violent, pour désigner le parti français, distingué, d'après le poëte, par son caractère hautain et par sa violence [1].

III

INFERNO.

Canto primo, terz. 58-63.

Tal mi fece la bestia senza pace,
  Che rencndomi incontro, a poco a poco
Mi ripingeva là, dove il Sol tace.
Mentre ch'io rovinava in basso loco,
  Dinanzi agli occhi mi si fu offerto
Chi per lungo silenzio parca fioco.

Tel me rendit cette bête sans pitié,
  Qui, venant à ma rencontre, peu à peu
Me poussait là où le Soleil se tait.
Tandis que je retombais dans la vallée,
  Devant mes yeux s'offrit quelqu'un,
Qu'à travers le long silence je vis confusément.

mêmes intérêts et les mêmes tendances, en opposition avec les intérêts et les tendances de la république de Florence, Dante a représenté les uns et les autres par une seule et même bête symbolique, par la panthère à la peau tachetée de blanc et de noir. Suivant une idée analogue, Dante a aussi représenté le gouvernement impérial et le gouvernement papal par une seule et même bête symbolique, le griffon, qui, comme lion et comme aigle, indique la nature différente de l'un et de l'autre gouvernement, mais qui, par l'unité de son organisation et de sa vie, exprime l'identité de volonté qui doit exister dans l'un et l'autre pouvoir. (Voy. *Notice sur la Vision de Dante au Paradis terrestre*, p. 5 et suiv.)

[1] Dante oppose le lion à l'aigle, c'est-à-dire la France à l'Empire germanique. Il appelle la France le *grand lion* (alto leon). Dans le *Paradis* chant VI, terc. 107) il est dit, par rapport à Charles II, roi de Pouille :

..... qu'il craigne les serres
  Qui ont à *un lion plus grand* arraché la crinière.

Jamais Dante ne représente le lion comme une bête vorace, mais toujours comme un animal orgueilleux, hautain et impétueux. Aussi avons-nous traduit :

Celui-ci sembla venir contre moi
  Avec la tête haute et de tels frémissements furieux
Que l'air semblait en trembler.

C'est que, au lieu de la leçon ordinaire *con rabbiosa fame* (avec une faim fu-

Nul commentateur, nul traducteur n'a encore compris le dernier vers du second tercet. Il s'explique cependant facilement de la manière suivante.

Dante, arrivé au pied du mont Sion, était sorti de l'obscurité profonde qui régnait dans la forêt située au pied de cette montagne du salut; il s'apprêtait à monter au sommet éclairé par le soleil levant; mais la louve lui inspira une telle frayeur, qu'il recula jusqu'à rentrer dans la forêt obscure. Là s'offrit à son regard troublé, dans le lointain, une apparition qu'à cause de l'obscurité et de l'éloignement il ne put distinguer que d'une manière confuse. Mais lorsque cette figure s'approcha de lui davantage, et qu'il crut reconnaître en elle un homme ou un ange, il se mit aussitôt à l'appeler à son secours contre la louve qui le persécutait. Tel est le tableau de la situation dans laquelle se trouvait Dante. Comment le poëte décrit-il cette situation? Dans les vers cités ci-dessus, les expressions qui, seules, ont besoin d'explication, sont : 1° le soleil qui *se tait* (*sol tace*); 2° à travers *le long silence* (*per lungo silenzio*), et 3° *apparaît confusément* (*parea fioco*).

C'est un fait physiologique qu'il y a des rapports intimes entre les sensations de la vue et celles de l'ouïe. Aussi, dans toutes les langues, tant primitives que dérivées, les radicaux et les mots désignant les sensations de la lumière ou celles du son dérivent-ils, les uns et les autres, d'un radical primitif signifiant *éclatant*, et servant à désigner, à la fois, ce qui éclate comme son, et ce qui a de l'éclat comme lumière. Ainsi, pour ne citer qu'un exemple, entre mille que j'ai à ma disposition, le verbe grec φάναι (parler), qui répond au verbe latin *fari* (parler), signifie proprement *éclater*, *émettre des sons* plus ou moins éclatants; et ces deux verbes sont étymologiquement identiques au verbe sanscrit *bhá*, qui signifie

rieuse), nous croyons devoir proposer de lire *con rabbiose frame* (avec des frémissements furieux); *frama*, dérivé du latin *fremere*, semble être un idiotisme provincial signifiant *frémissement*, *rugissement*. Cette leçon nous semble préférable à la leçon vulgaire, d'abord, parce que le lion est représenté ici comme un animal rugissant, et non comme une bête vorace qui a faim, et ensuite parce que Dante pouvait très-bien dire que le frémissement était tellement furieux que l'air en était agité et tremblait; mais il serait absurde de dire que l'air extérieur a tremblé à cause de la faim ou de la voracité du lion.

briller, c'est-à-dire *éclater* de lumière. Dans une seule et même langue, en grec, par exemple, le mot φάος (lumière) dérive du même radical que le mot φωνή (voix). En peinture, on parle de *tons* quand il s'agit de *couleur,* et en musique on parle de notes *claires, brillantes,* quand il s'agit de *tons.* Le troubadour provençal, Pierre d'Auvergne, pour dire que le rossignol *chante* sur la branche, dit :

> E'l rossinhols qu'el ram *relutz.*
> *Et le rossignol qui, sur la branche,* luit [1].

Par la même raison, on peut dire que le soleil *parle,* pour dire qu'il *brille;* et, dans les vers cités, Dante se sert de l'expression poétique de « le soleil *se tait,* » pour dire qu'il ne brille pas, ou qu'il fait sombre. Le *silence du soleil* est donc une expression poétique pour dire *obscurité.* Portant son regard à travers le *long silence,* c'est-à-dire, à travers le long espace obscur, Dante ne pouvait pas d'abord bien distinguer ni reconnaître la figure de Virgile qu'il ne voyait que *confusément.* Or, l'épithète signifiant *indistinct, confus, vague,* est exprimée, dans le vers cité, par l'adjectif *fioco,* qui se dit également bien du manque de netteté par rapport aux objets perçus par la *vue* et par rapport aux sons perçus par l'ouïe. Ainsi, par exemple, *voce fioca* signifie *voix indistincte, faible, enrouée,* et *lume fioco* (v. c. iii, 75) désigne une lumière *pâle, faible, indécise.* Il est inutile d'insister davantage pour prouver que les explications qu'on a données jusqu'ici des tercets en question ne sont pas admissibles, et que la seule interprétation valable est celle que nous venons d'en donner.

[1] Renouard, *Lexique roman,* iv, 110.

IMPRIMERIE IMPÉRIALE. — 1865.

www.ingramcontent.com/pod-product-compliance
Lightning Source LLC
LaVergne TN
LVHW010911180726
843502LV00010B/4096